D0779996

VIVE LA LECTURE

Un déjeuner mouvementé

Texte :
Claude Clément

Images :
Christel Desmoinaux

ÉDITIONS FLEURUS, 11, rue Duguay-Trouin 75006 PARIS

Un dimanche, Papa et Maman
n'avaient pas trop envie de faire
la cuisine, ni de nous répéter
quatre ou cinq fois de mettre
la table. Alors, nous sommes
tous allés au restaurant.

Nous étions six : Papa, Maman, mon frère Tom et son meilleur copain Jean-Robert, qu'on avait invité pour le week-end, et moi, sans oublier le bébé. Je dis, le « bébé », car mes parents n'ont pas réussi à se mettre d'accord sur un prénom. A sa naissance, à la mairie, Papa l'a appelé Charles. Mais Maman préfère Kevin.

Alors tout le monde l'appelle
« le bébé », histoire de ne pas se
disputer. Pour l'instant, ça va.
Mais à quatorze ans, il faudra
peut-être se décider à trouver
autre chose. Enfin, d'ici là,
il aura sûrement choisi un prénom
tout seul. Il y en a qui ont
de la chance ! Moi, je m'appelle
Antoine et, franchement, j'aurais
mieux aimé me nommer Arthur.
Tout ça pour dire que c'est parfois
difficile de se mettre d'accord.

Alors, je ne vous raconte pas ce
que ça donne quand il s'agit de
choisir un restaurant...

Tom, Jean-Robert et moi,
on voulait aller dans
un Press'burger. Mais Papa n'a
même pas voulu en entendre
parler. Après, on a proposé de se
rendre dans une pizzeria, mais
Maman a protesté en disant
qu'elle y allait presque tous
les jours à midi.

11

Nous, on ne voyait plus rien d'autre
à faire que d'entrer dans n'importe
quel café pour commander
des croque-monsieur, mais Papa
s'est souvenu soudain
d'une petite auberge sympa où
on faisait, paraît-il, de la bonne
cuisine comme chez nous.

Là, on a refusé. Pourquoi
aller au restaurant si c'est pour
manger comme à la maison ?
Papa nous a dit que la culture
gastronomique, autrement dit
la nourriture, ça s'apprend
comme la lecture ou
les mathématiques et qu'il faut
manger des tas de choses qu'on
n'aime pas pour se régaler
quand on sera plus grands.

Nous, on ne trouvait pas ça très
logique et ça ne nous emballait pas
mais, comme Papa nous a promis
des desserts fantastiques, on s'est
tout de même laissé convaincre.
La petite auberge s'appelait
« Au bon coin ». Et elle était
vraiment petite et vraiment
dans un coin, au bout
d'une impasse qui sentait
le pipi de chien.

Quand on est entrés tous les six,
le patron ne nous a pas souri.
On a tout de suite compris
qu'il aurait préféré voir arriver
un couple de retraités sans enfants.
De la place pour six, il n'en avait
pas et ça l'a obligé à faire
déménager d'autres clients pour
rapprocher trois tables.

Tout le monde nous regardait
de travers.

Le serveur a apporté des menus à Papa et à Maman.
Tom, Jean-Robert et moi, on s'est mis à se plaindre parce qu'on en voulait aussi.

Moi, je sais lire. Mon frère et son copain, c'était juste pour faire semblant. Papa a pris une choucroute. Maman a préféré un pavé de bœuf au poivre, moi un steak-frites et Jean-Robert un poulet-frites. Tom a demandé des frites seulement. Maman a eu beau insister pour qu'il prenne quelque chose d'autre, il n'a rien voulu de plus.

Le bébé avait déjà mangé avant
de partir mais, pour le faire tenir
tranquille dans son siège,
on lui a commandé un yaourt
aux cerises. En guise de boissons,
les parents ont pris une bière et
un verre de vin rouge.
Mais Papa n'a pas voulu qu'on
demande des Coca-Cola.
Il disait qu'il ne nous emmenait
pas dans un restaurant
gastronomique pour qu'on boive
du sucré avec nos plats.

Alors, Maman lui a posé
une bonne question :
– Qu'est-ce que tu voudrais
qu'ils boivent ?
Papa a répondu :
– Des jus de fruits, par exemple ...

Maman lui a fait remarquer que les jus de fruits sont aussi sucrés que le Coca. Alors Papa a décrété qu'on pouvait boire de l'eau. Cette fois, c'est moi qui lui ai fait remarquer que, si on le forçait à renoncer à sa bière pour boire de l'eau avec sa choucroute, il ne serait peut-être pas content content. Et il a fini par céder pour ce qui concernait les Coca.

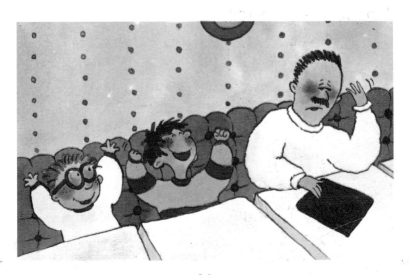

Le garçon nous a apporté à boire
tout de suite, mais pas à
manger. Et on a commencé à
attendre. Ça a duré tellement
longtemps qu'on a dévoré tout
le pain qui était dans la corbeille,
plus les croûtons de la table
d'à côté.

Jean-Robert et moi, on a fini tout
notre Coca-Cola et on en
a réclamé un autre pendant que
Tom renversait le sien sur la nappe
en papier et sur la jupe de
Maman. Avant même le début
du repas, notre table était tachée
et pleine de miettes comme
après un goûter d'anniversaire
de quatorze copains.

Enfin, le serveur est arrivé avec
nos plats et le déjeuner a pu
vraiment commencer. Pendant
que Papa se régalait avec
sa choucroute et Maman avec son
pavé au poivre, je me débattais
avec mon steak, qui était aussi
dur que celui de la colo de l'été
dernier, et avec mon couteau
qui ne voulait rien couper.

C'est alors que Tom et Jean-Robert ont eu envie de faire pipi. Maman s'est écriée :

– Vous ne pouviez pas y penser plus tôt ? C'est toujours quand on mange que vous avez besoin d'aller aux toilettes. Moi, ça me coupe l'appétit...

Papa, qui ne voulait pas non plus abandonner sa choucroute, a proposé :

– Ils pourraient y aller tout seuls...

Tom et Jean-Robert ont fait
aussitôt déplacer trois personnes
pour se précipiter dans le couloir.

Et nous, on a penché le nez
dans nos assiettes pour ne
pas croiser les regards du patron
et des autres clients.
On se croyait enfin un peu
tranquilles quand le bébé s'est mis
à hurler. Il était tout barbouillé de
yaourt aux cerises et,
maintenant, il s'ennuyait. Maman
l'a détaché de son siège pour
le prendre sur ses genoux et
elle a réclamé un biscuit au patron.

Celui-ci est arrivé, furieux, pour nous annoncer que Tom et Jean-Robert étaient en train de faire une bataille de rouleaux de papier toilette, et que c'était inadmissible dans un établissement public et respectable.

Maman a reposé le bébé et son
biscuit dans son siège, sans
l'attacher, et elle est allée mettre
de l'ordre là où il fallait en mettre.

Entre deux bouchées de
choucroute, Papa me disait :

— Vous êtes insortables !
Et moi, je trouvais ça injuste parce
que je n'avais rien fait
qu'essayer de manger ce steak
qui était beaucoup moins bon
qu'un Press'burger. Je me disais
que, si on m'avait écouté, on ne
serait pas là en train de se
disputer mais de déguster
un délicieux petit pain moelleux,
bourré de merveilleuse viande
hachée enrobée de ketchup.

Quand Maman, Tom et Jean-Robert sont revenus, ce qui était dans leurs assiettes était tout froid et, franchement, pas très appétissant. Alors, Papa a proposé qu'on rentre à la maison

le plus vite possible. Bien entendu,
on n'était pas d'accord.
On n'avait pas une choucroute
dans l'estomac, nous, et il était
hors de question qu'on s'en aille
avant d'avoir eu les desserts
que Papa nous avait promis.

Sur la carte, on pouvait étudier une liste de parfums de glaces plus longue qu'une page d'annuaire de téléphone, mais le serveur a cru bon de nous prévenir qu'il n'y avait plus de pistache, plus de framboise, plus de fruits de la passion, plus de... Maman s'est mise en colère :

— Bon, dites-nous ce qui reste !
Il ne restait que de la glace fraise-
chocolat. De toute façon, c'était
ce qu'on allait demander. Et on a
tous pris la même chose.
On peut même dire qu'on s'est
bien régalés !

Quand Papa a saisi le petit papier pour régler l'addition, Maman a poussé un cri...
Le bébé avait disparu ! Son siège était vide. Il ne restait que sa petite serviette tartinée de yaourt aux cerises. On s'est tous mis à chercher sous les tables en l'appelant : « Bébé ! Bébé ! »

On passait entre les jambes
des autres clients qui nous
regardaient d'un air ahuri.

C'est moi qui ai fini par retrouver
mon petit frère. Il était sous le
comptoir du bar, en train de jouer
avec le chien de la maison. Il lui
donnait son biscuit à croquer et
je suis arrivé juste à temps pour
l'empêcher de le remettre
dans sa bouche.

Lorsque nous sommes partis, tout le monde a eu l'air soulagé.
Papa a soupiré :
— La prochaine fois, on restera à la maison, c'est meilleur et c'est moins fatigant.

Je n'ai pas compris pourquoi Papa était si fatigué. Peut-être qu'il avait trop bien mangé ? Finalement, c'est vrai qu'il n'était pas mal, ce restaurant, même si, à mon avis, ça ne valait pas un bon Press'burger !

les as-tu lus?

101

*Texte de Claude Clément,
Ill. : Isabelle Maquet*

MAMAN EST DÉBORDÉE

C'est l'histoire mouvementée d'un mercredi pas comme les autres vécu par une maman qui a trois enfants, un mari et un chat ! Au moment de partir pour son bureau, Maman se rend compte qu'elle ne pourra pas déposer sa petite fille au centre aéré car elle a de la fièvre. A partir de ce moment, la journée va être une succession de gags qui vont épuiser la pauvre maman.

102

*Texte de Claude Clément,
Ill. : Christel Desmoinaux*

LE PROFESSEUR EST EN COLÈRE

Un matin, sur le chemin de l'école, Thomas dit bonjour à son professeur, Monsieur Michalon, qui passe sur sa Mobylette. Le professeur tourne la tête pour saluer Thomas, pendant que le facteur arrive en sens inverse sur son vélo... c'est l'accident inévitable. Monsieur Michalon tamponne le facteur. Mais ce n'est pas tout, la journée n'est pas finie...

103

*Texte de Claude Clément,
Ill. : Christel Desmoinaux*

PAPA FAIT UN RÉGIME

Tout a commencé le jour où Anita et son papa sont allés ensemble à la piscine. Anita a eu le malheur de dire à son copain Martial que son papa était gros. Bien sûr son papa l'a entendue, bien sûr il s'est fâché et il a décidé de faire le soir même un régime très sévère en obligeant Anita et sa maman à le suivre... Fini les spaghettis arrosés de ketchup, les beignets à la banane et les gâteaux au chocolat !

© Edit
Dépôt
Imprimé en France

Impression Clerc S.A. - 18200 Saint-Amand-Montrond
Relié par Brun S.A. - 45330 Malesherbes